TECWYN YN AREDIG

Argraffiad cyntaf: Mai 1992
Ail argraffiad: Mai 2001

Rhif Llyfr Safonol Rhyngwladol: 0-86381-747-5

Argraffwyd a chyhoeddwyd gan
Wasg Carreg Gwalch, 12 Iard yr Orsaf,
Llanrwst, Dyffryn Conwy, LL26 0EH
☎ (01492) 642031 (01492) 641502
e-bost: llyfrau@carreg-gwalch.co.uk
lle ar y we: www.carreg-gwalch.co.uk

TECWYN YN AREDIG

Stori: Margiad Roberts

Lluniau: Carys Owen

‘Co-co, co-co-dwch!’ canodd Jarff y ceiliog lliwgar dros y fferm nes yr oedd clustiau pawb yn tincian.

Ond roedd Tecwyn wedi deffro ymhell o flaen y ceiliog ac ar bigau’r drain eisiau mynd i aredig ers oriau.

Yna, o’r diwedd daeth Moi, y Ffermwr Clên, i’r golwg yn ei sgidiau hoelion mawr, ei drowsus-dros-bob-dim, ei grysbas brethyn a’i gap stabal.

'Tyrd. Awn ni i fachu'r gwŷdd,' meddai Moi, gan droi'r goriad.

A thaniodd y Tractor Bach Coch ar ei union gan saethu mwg fel roced i fyny i'r awyr. Yna rhuodd, yn wên o glust i glust, ar draws y buarth cyn bagio i mewn i'r sied beiriannau.

‘Bobol annwyl, deffra!’ pwniodd Moi y gwŷdd cysglyd wrth geisio ei fachu yn sownd yn y Tractor.

Ond dal i chwyrnu cysgu wnâi’r gwŷdd.

‘Paid â phoeni, Tecwyn, mi fydd o’n siŵr o ddeffro ar ôl i ni ysgwyd dipyn arno fo,’ meddai Moi cyn llamu’n ôl i ben y Tractor a chodi’r gwŷdd.

Ond ow! Be ddigwyddodd?

Neidiodd bonet a dwy olwyn flaen Tecwyn i fyny i'r awyr!

'Tail tatws!' gwaeddodd Tecwyn â'i wyneb yn fflamgoch. 'Fedra i ddim codi'r gwŷdd yma. Mae o'n rhy drwm!'

'By … by … by … be sy'n digwydd?' gwaeddodd y gwŷdd a golwg ofnus ar wyneb y styllennod.

Ond dim ond gweiddi chwerthin wnaeth Moi gan ddweud, 'Mi fydd yn rhaid i ti fwyta mwy o uwd i frecwast o hyn allan, Tecwyn.' Ac yna rhoddodd haearn trwm yn bwysau ar ei ben blaen.

TBC

O’r diwedd, pan gyrhaeddodd Tecwyn y cae, roedd o’n fyr ei wynt, yn chwys diferol a bron â sigo o dan yr holl bwysau.

‘Sut yn y byd mawr ydw i’n mynd i aredig? Rydw i’n rhy wan,’ meddai, bron â thorri ei galon.

Ond tra oedd Moi yn camu a marcio'r cae, fe gafodd Tecwyn amser i gael ei wynt ato a theimlodd yn well o'r hanner wedyn. A phan ddringodd Moi yn ôl i'w ben, roedd Tecwyn yn ysu i gael rhoi cynnig arni unwaith eto. Llyncodd lond ei fol o wynt. Sgyrnygodd ei ddannedd yn benderfynol. Yna tynnodd a thynnodd nerth esgyrn ei ben nes, o'r diwedd, fe gerddodd y gwŷdd ar ei ôl.

'Hip-hip hwrê! Dwi'n aredig!' cynhyrfodd Tecwyn.

'Ac mae pob cŵys yn union fel saeth a phob tywarchen wedi ei throi! Da iawn ti!' gwirionodd Moi.

Ond fel y dechreuodd Tecwyn fwynhau ei hun ac yntau wedi aredig bron i chwarter y cae, fe welodd rywbeth bach du yn neidio i fyny o'i flaen. Trodd ei olwynion yn gyflym i'w osgoi.

'Hei! Be ti'n neud!' dychrynodd Moi.

'Ond fu bron iawn i mi fynd ar ei draws o!' eglurodd Tecwyn.

'Ar draws pwy neno'r tad?!' gofynnodd Moi.

'Wel ar draws y Twrch Daear bach 'na!' meddai Tecwyn.

Ond buan iawn yr oedd Tecwyn yn aredig yn daclus unwaith eto gan ofalu cadw'i olwynion yn syth. Ac roedd hynny'n dipyn o gamp oherwydd daeth haid o hen wylanod cecrus i chwyrlïo uwch ei ben. Edrychodd Tecwyn i fyny ar y gwylanod a dechreuodd deimlo'n chwil …

'Wps wps wps Waaa!'

A'r eiliad nesa roedd Tecwyn a'r gwŷdd ar eu hochr yn y ffos!

'Ffosydd bach a mawr! Be ti'n neud, Tecwyn?' gwaeddodd Moi, a oedd o'r golwg yn y ffos!

Ond cyn i Tecwyn gael cyfle i egluro.

‘Paid â phoeni,’ meddai’r Ffermwr Clên ar ei draws. ‘Fyddwn ni fawr o dro’n dy dynnu di o’r fan yna.’ A cherddodd i’r tŷ i ffonio Bob Bach drws nesa.

‘Aw-aw!’ cwynodd y gwŷdd.

A theimlodd Tecwyn yn euog iawn am iddo wneud y fath lanast.

'Ho-ho! Dyma olygfa druenus!' chwarddodd Bob Bach pan gyrhaeddodd yn ei Dractor Mawr Gwyrdd â phedair olwyn lydan.

A chwerthin yn sbeitlyd ar ben Tecwyn wnaeth y Tractor Mawr Gwyrdd hefyd wrth ei dynnu o'r ffos.

Yna, ar ôl gorffen, diflannodd Moi a Bob Bach i'r tŷ i nôl cinio.

TMG

'Hei! Gyfaill! Sut ma'i? Tegid ydi fy enw i,' meddai rhywun. Ond ni allai Tecwyn weld neb yn unlle.

'Hei, diolch am beidio mynd ar fy nhraws i,' meddai'r llais wedyn.

A phan welodd Tecwyn y Twrch Daear bach du hefo sbectol fawr yn sefyll o'i flaen, fe siriolodd drwyddo.

'O'r nefi wen! Roeddwn i'n meddwl yn siŵr 'mod i wedi dy frifo di,' meddai Tecwyn. 'Tydw i rioed wedi aredig o'r blaen ac mae arnaf i ofn fy mod i wedi gwneud llanast go iawn o bethau. A tydw i ddim yn meddwl rhywsut y ca i aredig byth eto.' Edrychodd Tecwyn yn drist.

'Hei, gyfaill! Paid â phoeni! Dw i newydd gael syniad campus!' a bwriodd y Twrch Daear ei din dros ei ben i fyny i'r awyr ac yna, ar ôl glanio meddai: 'Pam na ddangosi di i'r Ffermwr Clên y medri di aredig y cae yma i gyd ar dy ben dy hun.'

'Be?' gofynnodd Tecwyn mewn syndod.

A chyn i Tecwyn gael llyncu ei boeri, roedd y Twrch Daear wedi dringo i'w ben ac wedi cydio'n dynn yn y llyw hefo'i bedair pawen.

‘Hei, ara deg gyfaill! Paid â mynd mor wyllt! Tydw i ddim yn gweld yn rhyw dda iawn cofia!’ gwaeddodd y Twrch yn ddigyffro.

‘Tail tatws! Pam na fasat ti wedi deud cyn hyn! Edrych! Mae’r cwysi i gyd yn igam-ogam,’ cwynodd Tecwyn yn siomedig.

Ond yr eiliad nesa pwy gododd wib ar draws y cae a chymryd un sbonc i ben y tractor ond sgwarnog wen, gyhyrog.

‘Symud draw, Tegid bach, ’ngwas i a cer i hel dipyn o bryfaid genwair i swper yli – os medri di eu gweld nhw ’te!’ meddai’r Sgwarnog yn bwysig.

‘Mmm, syniad da, gyfaill,’ atebodd y Twrch Daear yn awchus, gan lyfu ei wefusau a llithro i lawr o ben y Tractor.

Yna, cydiodd y Sgwarnog yn y llyw a gorffwys ei choesau hirion cryf ar y sedd.

‘Ew, dyma welliant!’ broliodd Tecwyn y gyrrwr newydd, a thynnodd y gwŷdd ar ei ôl fel cyllell boeth trwy fenyn.

A phan ddaeth Moi a Bob Bach allan o’r tŷ, roedd y cae i gyd wedi ei aredig.

‘Brensiach y brain!’ ebychodd y Ffermwr Clên, gan dynnu ei gap a chrafu ei gorun.

Ddwedodd Bob Bach ’run gair o’i ben er fod ei ên bron â chyffwrdd y llawr a’i lygaid wedi rhewi’n fawr. A golwg syn iawn oedd ar wyneb y Tractor Mawr Gwyrdd hefyd …!

NWYDDAU TECWYN

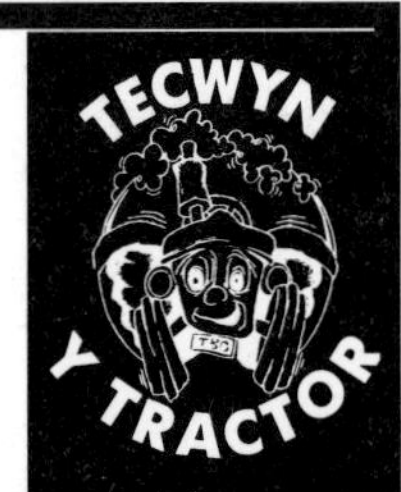

CARDIAU PEN-BLWYDD TECWYN
2 gynllun - 60c yr un

GWAHODDIAD I BARTI
2 gynllun - £1 y pad

LLYFR LLOFNODION TECWYN - £1

LLYFR SGRAP TECWYN - £1

LLYFR LLIWIO TECWYN - £1

CRYSAU T TECWYN
2 gynllun, 4 maint - £5.99

LLYFR CANEUON TECWYN - £4.50

CANEUON TECWYN Y TRACTOR
Caset o 6 chân, Bryn Fôn yn canu - £3.49

RHAGOR O GANEUON TECWYN Y TRACTOR
Caset o 6 chân, gyda Bryn Fôn - £3.49